JN112390

sotto

小沼 純一

いない
ところ

いま
ない

い
ない
ところ

に

な
げる

な

なげる

ながれ
る
ように

な
かれ
ないよう

に

あいだ
ぬって

ぬい
とり
ながら

な
かれ
なかれ
と
な
かれて
な
かりて

ね

むり

ね
むり
ねむり
こみ
なく
にく
しみこんで

み　こんで
しみ
なく
にく
し
み
ないまま

ね

ねて
ねって
ねた
む
ねた
んで
よぶ

よぶ

sotto

そ
っと
そっ
と
とめ
くる
めくる
めく
そっと

そっと
よむ

よ

よんで

よみ

よみかえす

みかえす

みかえし

み

ゆれて
ゆ
っくり
ゆれ
て

ゆみ
はずれ
や
はずれ
よみ　はずれて

み
もやる
や
める
や
めない

や
めないまま
そ
っと
よぶ

ソット

ソッと

かえる

そり
かえる

そっと

み

み

みみ

みを

みみを

きて

きて みて
きみ みて

みた
みたい
みて みた
い

め

めで

めで

なめ

て
から
め
て
くる

くる
めて
くる
まって
まって　めいろ
めいろ
なにいろ

ま

とり

ま

とり もって

まい ながら

まいとり ながら

め

つむ
つむる
め
つむって
ま
もって

も

むり

ま

もたなくて

もう
めし
いる

め
めし　いる
めし
つかい
のむかし
そっと
おし
そ　っと

かみ
そっと
のみ
み
きのみ
き
まま

くわえ
くわえる
き
の まま
きた まま
くる

くる

ここ
ここに
こっちに
くる
くり かえし

きみ

み　の

かみ

も み も

かみも
しも
しみも

もえ
もみ ながら
えみ
たたえ

けさ
けさき
けいとだま
くる

ここ
ここに
こう
やって

おもい
おもいの
おもい
の
おそさ
おそさは
そ
つ
と
そ
つと

ひらく

そお　っと

おとす

おと　す

そっと

うえからした

くびれ

て

ちっ

て

ほお

あ
おく
おく
あいいろに
ひふ
へって
ほ
てって
えみ
けして

ふ
っと
とじて
ほ
う
とまれて
うき すぎて
うき と
は

sotto

み
えみ
み

たね
みた
ね

ねたみ
そねみ
すね
みて
すね
みって
すね

る
すな
すいて
すくい
すい
て
すか

れ
す
かれて
かれたまま
に
き
くる

き

くるい

き

きみ

き

きき

ききみみ

sotto

きて

そっと
おとなし
で

おと

なくし　て

sotto

sotto
voce

小沼純一　KONUMA, Jun'ichi

「し　あわせ」思潮社 1989

「アルベルティーヌ・コンプレックス」七月堂 1992

「いと、はじまりの」思潮社 1994

「サイゴンのシド・チャリシー」書肆山田 2006

sotto

二〇二〇年四月十五日　第一刷発行

著　者　小沼　純一

発行者　知念　明子

発行所　七　月　堂
〒一五六―〇〇四三　東京都世田谷区松原二―二六―六
電話　〇三―三三二五―五七一七
FAX　〇三―三三二五―五七三一

印刷　タイヨー美術印刷

製本　井関製本

ISBN 978-4-87944-404-2　C0092　Printed in Japan